歌集

モルゲンロート

Morgenröte

楠井 孝一

砂子屋書房

＊目次

装本・倉本 修

歌集　モルゲンロート

芽吹き

庭中で一番はしやぐあかめ樫その賑はしきうれしき芽吹き

松ヶ丘特養見あぐる田の道を父の記憶をたどりつつ行く

ひと嵐すぎたる後の空晴れて今朝の雪富士のびあがり見ゆ

路の面《も》を風にころがる白き輪はゆきやなぎより千切れし小花

遠き日に子らと虫取りせし森はひめこぶし咲く公園となる

子の庭に小さき一株移さむとゆきやなぎの根をいたはりて掘る

椎けやき榎くすのき樫くぬぎ主張それぞれ芽吹きの色は

下総の片すみ小さき庭なれど春が一気に押しよせてくる

山行

ひとり行く瑞牆山《みづがきやま》の登山道熊よけの鈴の音のみさせて

うす暗き木立の奥に熊よけの鈴の音すうとしみこんで行く

ひとり身で暮らしし頃の心地する秩父山中単独行に

人生は畢竟ひとりで行く道とそんな気もする今日ひとり旅

婚ののちは常うからからが背にありき今日はまるごと俺の一日

恐竜の固き背びれのごと見ゆる瑞牆山の稜線仰ぐ

ギザギザの瑞牆山の稜線にティラノサウルスの背びれ見てゐる

登り来し恐竜のあたま山頂の岩の下より雲わきあがる

霜月の宵

星ひとつ落ちたる思ひ遠き日に恋せし人の訃を聞く今宵

墨あはき去年《こぞ》の賀状が最後にて遠き日想ひし君逝き給ふ

花少なきときを選びて旅立てる君に心の花を手向けむ

眼とぢれば鮮やかに顕つ若き日のセーラー服の細身の姿

佳人薄命とつぶやきをれば遠き日の花のかんばせ鮮やかに顕つ

七里ケ浜に晩秋の風吹き抜けて君のみたまを運びゆけるも

男われより長命ならむと思ひしにこの不条理は諾ひがたし

風かほる極楽浄土の花園にわがマドンナは蝶となりゐむ

ロシア・わが心の旅（1）

若き日の任地ロシアを訪れむ妻伴ひてＪＡＬ４４１便

思ひ出のサンクト・ペテルブルグの街ましろき柳絮《トーポリ》に迎へられたり

梅雨のなき真澄の空につきあぐる海軍省の金色の塔

ネヴァ河も空も青なり天にむかひ永久に駆けゐよ青銅の騎士

大空へと駆くる青銅の騎士像は若きピョートル大帝と聴く

デカブリスト広場

圧政のロシア変へむと謀りたるデカブリストの思ひ偲べり

大帝の夏の宮殿広くして噴水あまた夏空を突く

噴水の主は強しライオンの口を引き裂くサムソンの像

ひそやかに窓の光を弾きくるエカテリーナ宮の琥珀の壁は

帝国の富をあらはす琥珀の間貴族があまた集ひしサロン

情熱の人プーシキン背をかがめ苦吟のかたちにわれを見送る

ロシア・わが心の旅（2）

アレクサンドル・ネフスキー修道院

修道院の墓地に眠れる芸術家、楽聖、文人の墓を訪ぬる

人影の絶ゆることなし木陰なるドストエフスキーの墓は

楽聖の墓石ならびて吾を迎ふチャイコフスキー、ムソグルスキー

グリンカもリムスキー・コルサコフもここに居るボロディンの墓は楽譜のモザイク

変革に貧しき人も多しとふ町の親子に喜捨せり妻は

幾たびも語りきかせしクレムリンの赤の広場に妻と来たりつ

七本の葱坊主化粧なほしてワシリー聖堂が迎へてくる

赤の広場のロブノエメスタは処刑台ステファン・ラージンもここにて果てぬ

ミサイルがパレードをせし石畳外人客があまた集へり

遠き日に威圧されたる城壁をさほど高きと今は思はず

ペレストロイカ、連邦崩壊を経たりしも変はらず広し赤の広場は

ロシア・わが心の旅（3）

「モスクワは足下にあり」とナポレオンが叫びし雀が丘に立ちたり

修道院に沿ひたるみどり濃き池は白鳥の湖と呼ばれゐるなり

花あれどいと小さきに驚きぬフルシチョフの墓訪ひし日はるか

外国貿易省

二年余を住まひしモスクワの街をめぐる懐かしきかなスモレンスカヤ

「ガスダルスベンナヤ・アルジェイナヤ・パラタ」武器庫といふに財宝あまた

ピョートルの巨大な靴に驚きぬ大帝は二メートルの偉丈夫にして

エカテリーナの年代別のドレスあり細きサイズから太目のものまで

金箔の鈍きひかりを弾きくる十八世紀のこの福音書

最終日は地下鉄つかひわが住みしウクライナホテルを訪ねむとす

スターリンが核戦争に備へたる駅のホームは地下の深きに

忘れ得ぬ八階のスイートに訪ひ来たるかつての仕事場モスクワ支店

スイートの前にたたずむ吾の耳に友らの声の聞こゆる心地す

われの住みし部屋に来てをり若き日のおまへに幾度も電話せし部屋

世に古りて三十五年が過ぎゆきぬ心の旅をいま終へむとす

古稀むかふ

うれしくも寂しくもあり古稀むかふわが年の瀬は足早にくる

還暦から古稀へのみちは早かりき時よこの先ゆつくり廻れ

くたくたに煮崩れた雑煮もちが好き蔑むやうな眼差しがくる

わが古稀の初滑走を祝ふべしみちのく蔵王のこの樹氷原

妻と子をブランコに乗せ揺らせゐる休日の息子ふつうの父親

息災かととりたてて尋ぬることもなし受話器にひびく男孫らの声

穏やかな草津スキー場より帰りきて下総わが家の雪かきをする

「想定の範囲」こえたる積雪の朝ホリエモン逮捕を聞けり

槇の木に昨夜《きぞ》の氷雨がちりばめし露幾千の珠とかがやく

暖かき冬日浴びつつ爪切ればわが老境のはじまる心地

谷津川の雪解け水に力あり憂ひをひとつ流して来たり

ひつじ田は凍りてあるに陽にむかふ斜面《なぞへ》に青きはこべ草生ふ

植木等逝く

あの世でもスーダラ節をやりゐるかこの世はしつかり励ましたから

バカ踊りも無責任シリーズも功ありと日経コラムが故人をしのぶ

レインボー・パパ

兄に比べ自らの写真少なきを嘆きゐし子もふたり子の父

レインボー・パパと呼べるに不審顔ふたり子の父となりたる吾子は

「二児」の読みは「虹」に同じと言ひやれば「虹」にかじられ脛が細ると

みどり児の父なる吾子が主導する吾《あ》がやらざりし襁褓のとり替へ

あやすのみでゆめ襁褓には触れざりしわれとはちがふ息子の手つき

時はうつり息子ふたりの家庭には主夫がきちんと機能してゐる

食べをはり次の瞬間木の匙がおもちやに変はるをさなの魔法

みどり児を得たりし吾子はこの冬のスキー封印を嘆くでもなし

遠き日に勉強机をならべゐし子らの小さき背を思ひ出す

赤味噌より白みそがよしといひ合へる息子ふたりは関東育ち

多数決で白味噌となるその前に父の裁定合せみそとす

をりをりに関西弁が混じる子と東京弁を貫ける子と

鹿児島と千葉に分かれて住まふ子ら枕ならべて寝《い》ねし日はるか

それぞれに二人子の父となれる今それぞれに行くそれぞれの道

リーマン・ショック

「ねぢれ」「偽」この閉塞の日の本を正すが如き朝日がのぼる

「政策」にとり組むよりも「政局」を操る輩を「政治屋」といふ

人民は己がレベルと似たやうな為政者仰ぐが運命《さだめ》といへり

ガソリンの価格はどこに行くのやら生活物資も政争の具に

今もなほパクス・アメリカーナは生きてゐるリーマン・ショックに世界がゆれる

無担保で融資をやれと言ひながら破綻は駄目といふこの矛盾

「新銀行」はパフォーマンスのなれの果てもの書き知事の罪の重さよ

始まりて間のなき二十一世紀この世の末のごとくに見ゆる

荒東風《あらごち》

木枯しの街をゆくひとを見あげつつ日向ぼつこを鳩もするなり

谷津川の白さぎ伴侶を得たるらし枯れ田の空を連なりて飛ぶ

日向ぼつこを終へたる三毛が小走りに日かげのみちを帰りゆくなり

なますにするめ入れるか否かはた蛸か晦日わが家の小さな喧嘩

枯れ枯れの雑木林に灯をともす白きこぶしの花咲き初めぬ

八重ざくら白、赤、うす紅三色が穀雨のけふを競ひて咲ける

荒東風《あらごち》の音すさまじきこの宵を咲き初めし花を案じつつ寝る

木々芽吹く春の日ざしの楽しけれ老いの背中も伸びゆくやうな

陽光にすかし眺むる柿わか葉かくも瑞々《みづみづ》しきものはなし

身の丈まで積みあげられし甘夏の香に誘はれてひと山買ひぬ

さと芋の大き葉のした静かなりコロボックルがゐるやも知れぬ

夏ちかし人参畑の葉のいろが濃くなりてゆく雨の気配に

悠然と人を見おろすパスタザル茶人想はすその黒帽子

をちこちの旅（1）

三条木屋町高瀬舟ゆきし水の辺に大村益次郎の遭難碑たつ

伊良子水道しほ風あまき海のみち左舷に見ゆる『潮騒』の島

濃き汁の味よし葱よし伊勢うどん母の生まれし街の名物

遷宮は七年後にて「御木曳き」を伊勢氏子らは済ませりといふ

社内放送「臥龍桜」の紹介に汽車徐行せり飛騨一の宮駅

ひるがの分水嶺公園

長良川、荘川とふた分れして下るひだり太平洋みぎ日本海

青き青き安達太良山の上のそら智恵子の言ひし「ほんたうの空」

岩手山にむけ滑りゆく大斜面かもしかのごとわが身が跳ねる

友とわれの画くシュプール重なりてはなれ交はり縄のごとしも

白根山火口の沼に手をひたし地熱はかりしスキーヤーわれ

さても巨大な鏡の餅が中天に浮かぶごと見ゆ月山の嶺

湯治場の原風景を見むものと初夏乳頭温泉を訪ふ

乳頭と聞けば心の底ひより母の記憶が顕ちかへりくる

佐渡島にて

猿も鹿も猪《しし》も住まざるこの島は食害のなき農の天国

宿根木港《すくねぎかう》の千石舟のつなぎ石手持ち無沙汰にただ立てるのみ

順徳帝、日蓮、世阿弥の流刑の地されど伸びらかな空気ただよふ

フランス歌紀行

手向け花絶ゆることなしモナコ城のグレース王妃の奥津城どころ

注文のなき絵をひと世描きつぎしセザンヌの森のアトリエに来つ

漆黒のノルマンディの夜を灯すモンサンミシェルの金の十字架

音に聞くモンサンミシェルの名物の大きオムレツ潮の香りす

水道橋が紺碧の空に浮き立てり二千年を経しポンデュガールは

ゴッホ描きし夜のカフェテラスに来てみれば黄色の壁に照明あたる

教会のステンドグラスが語りゐる救国の乙女ジャンヌのひと世

クロード・モネの「印象・日の出」の前に来つ水面を照らす真つ赤な朝日

七年ぶりのエスカルゴ食みつつ笑みこぼる俄かパリジャン、パリジェンヌわれら

黄昏のセーヌをすすむクルーズ船いまポンヌフの下をくぐれる

絵に向かふ一人ひとりを見つめかへすモナリザの眼よ神秘の笑みよ

熱き砂湯

百までも生きる心地す房州白子の熱き砂湯につかりてをれば

窓あけてしるき海の香吸ひてをりたそがれ潮の満ち来る気配

野良犬に気づかれぬやう野の小屋に飼はるる鶏は低く鳴きあふ

散歩道の空つき上ぐる電波塔そこから富士が見えてる筈だ

疎ましく夜半の厠に立つわれに虫の音すだく良きこともある

菜畑に光のさせば朝霧の真白き帯となりて漂ふ

役割を終へし水道タンクなほここにありとて夕陽を弾く

しばしの間つるべ落としの日よ止まれわが町いまし夕焼けのなか

霜月のうすき日差しをかへしつつ背をのばし咲く石蕗の黄《きい》

枯れ蔦にからすの瓜の実二つ三つこれ見よがしに朱色をかかぐ

深みゆく秋はとりわけ惜しむべし銀杏もみぢの散りゆくなかに

さくらもみぢが裏返されて戻されて木枯し一番吹き抜けにけり

せんりやうとまんりやうの区別つかぬ身に富は縁なし　冬ざれの空

極月の空

心あるもののごとくに極月の空を舞ひゆくレジ袋ひとつ

鈴木大地もかの日走りし桜並木いま木枯しに人影もなく

昼間からライトをつけて威嚇するゴミ収集車と擦れちがひたり

目をふせて西日避けゐるドライバー不満ありげに口とがらせて

七歳の孫の成績尋ねゐる栴檀でなくともよしと思へど

ひととせが雅にすぎぬ文楽に能・狂言も歌舞伎も見たり

歳末を第九が締めて新年は青きドナウのワルツがひらく

最後のネクタイ

四十八年けふが終りのネクタイをダブルノットできちりと締める

半世紀に及ぶ道のり折りをりに迷ひ哀しみ歓びありき

おほかたは信ずるままに直言をなして来たれば摩擦もありぬ

背負ひ来しＤＮＡは変へられぬ生《き》のまま生きむ生終へるまで

いや高き富士の嶺あふぎ東海道を行きつ戻りつ齢《よはひ》重ねつ

十三年ともに過ごしし濃紺のブレザーに言ふ「楽しかつたぜ」

十三年われを見守りゐてくれし美濃の能郷白山あふぐ

散りし後もまつすぐ上を向いてゐる椿の花のやうでありたし

梨畑

春ひと日ま白き花の咲きさかる梨畑の受粉作業見てゐつ

ふた雨ほど過ぎたる梨の枝ごとに青き実あまた生《あ》れ出でにけり

ほかの実ははや摘果され選ばれし青き実ひとつ空向きて立つ

選ばれて大きな顔をしてゐても雌蕊のかけらをそよがせてゐる

この枝はまだ競争のまつ最中いづれが摘果されずに残る

ひとの世はかかる争ひなきままに柔《やは》に仕上がる実もありぬべし

弱き子は山に捨てたるスパルタの歴史を聞きぬギリシア旅行に

あけぼのつつじ

石鎚の山の頂き華やぎぬあけぼのつつじが四方照らしゐて

大山の谷筋の雪眠たげに初夏の日射しを弾きくるなり

白じらと海亀の浜あけ初めて渚の風呂に朝日あびゐる

仙丈ケ岳そのたたずまひ嫋やかに貴婦人の名を諾ひてをり

谷筋に沸き立つ雲の足はやくまなかひの峰おほひてゆける

英虞湾にさざ波立てる夕暮に母と涼みし日もはるかなり

京の夜の五山のおくり火も消えて夏のなごりの風吹きわたる

芍薬の花をはりてもみどり葉は来む春にむけひとりはたらく

新そばの香り歯ごたへともによし半月《はんげつ》うかぶ長月の空

遠き日に母が詠みたる吾亦紅位牌の前の供花にそへたり

雨露を弾きて白きダリヤ咲く身の丈すらり貴婦人ここに

ひと夏のしごと終へたる梨畑の木々は心なし安らぎて見ゆ

鍵をあけ明かりをつけて見廻せり他人の家か妻をらぬ夜は

雲の上の空に秋色満ちて来ぬ子らは事なく暮らしてゐるか

紫陽花の古葉刈りつつ語りかく賑やかに咲け来む年もまた

気まぐれな秋の日のごと忽然とテレビから消えし若き宰相

ヒロインの性《さが》そのままにひつそりと野菊の墓の文学碑たつ

六歳の夏

出征の叔父を送らむ言葉とて持たざり遠き六歳の夏

出征を前に遊んでくれたりきかくれんぼせしこと決して忘れぬ

直立せる兵士の列に捧げたる「出征兵士を送る歌」嗚呼

敵陣に大きな弾を打ちこんでやると書き来しひとは還らず

息子三人を征かせし祖母は背筋立て涙をひとに見することなく

写し絵に見るのみ若き叔父たちは直立不動の軍服姿

上の叔父が相撲ふ写し絵ひとつあり立ち合ひ一瞬右の張り手の

中の叔父は学問好きと聞かされぬ曇底めがねのレンズがひかる

フィリピンが下からだんだんアメリカに取られていくと幼心に

伊勢湾の奥がぼうっと明るみて劫火のごとく名古屋が燃ゆる

父の住む街が空襲と聞きし夜母の手握りぬ暗闇のなか

座布団を被りて逃げしと父いへり幼のわれは諾ひ得ざりき

「バケツの底が抜けたみたい」と灼熱の終戦日の午後われは言ひたり

何も知らずただ遊びゐし亡弟をまた憶ふなり終戦日けふ

買ひ出しの手伝ひをせり夏日照る野道を母と日々にたどりて

ものなべて乏しき中を肩をよせ生きてゐたりき大戦末期

終戦の日の妹の記憶なしひたすら母に添ひゐたりしか

この国をアメリカさんが具合よく直してくれるといふ人もあり

卑屈なる大人のことばに戸惑ひて幼きわれは石を蹴るのみ

三人の叔父を奪ひし戦とは何ぞかうして国は変りき

叔父たちの葬儀の列に位牌もち先頭歩きぬ惣領われは

かの日より六十余年が過ぎゆきぬ戦時おもへば茫々として

をちこちの旅（2）

藍よりも青かるエーゲ海を見つトロイ遺跡の木馬の窓に

赤と白の岩が襞なす峡谷に夕日さし入るローズバレーは

トプカプの意は大砲の門といふ強かりしかなオスマン帝国

赤ワイン蛸の煮込みによく合ひて杯を重ぬるアテネの夕べ

グラスゴー

懐かしき「螢の光」の作詞者のロバート・バーンズの像を見あぐる

何びとが何を思ひて積みたるやストーンヘンジの丸き配列

見下ろせるアラル海青ふかかりき干上がりつついま縮みゆくとぞ

若き日の夢はかなひぬ我はいまユングフラウ背にシュプール画く

トンネルを出づれば空を行く思ひランドバッサー橋谷またぎゆく

山上に龍が跳梁跋扈する峰から峰へ長城が這ふ

神の住まふ天の色なり天壇の屋根の瓦の青鮮やけし

華清池

毛沢東の草書の長恨歌碑立てりあくがれ来しが読みかねてをり

オレンジと白の花咲く柘榴樹が「連理の枝」を表すといふ

「比翼の鳥」を求めて空を見あぐるに民の揚げゐる凧あまた舞ふ

道

「道程」に詩《うた》はれしごと僕の行くうしろに道がまつすぐ伸びる

山稜の鋭き切れこみは「窓」といふ行き来自在の風のみの道

一物もなきと思ひしわが腹にポリープ三つ悪人志願

干しあはび干魚《ひうを》におこは食みしゆえ天平の美女下ぶくれなる

まつ直ぐにひと世歩みて来たれども一片の嘘なしとはいへず

ネクタイの要らぬ生活となりにけり春風そろり首を撫でゆく

自らの力で生きて来たつもり実は生かされて来ただけなのに

わが家の系譜

掛軸に見る曾祖父《おほちち》はわが家《いへ》の祖にしてまなこ射とほす如し

夕空の雲の動きにあすの日の晴雨を読みし遠き日の祖父

〈出替はりや城あけわたす心地して〉祖父の詠みける春の習はし

〈塩焼きの味に季《とき》知る鱸かな〉夏くるたびに祖父の句憶ふ

〈七十五年苦闘終はりを告げにけり〉十五の夏に祖父は逝きたり

〈たのみける堤切れたる心地して〉父の詠みたるおくりの一句

〈風樹の嘆ここに重ぬる哀しみは〉祖母ゆきし日に父の詠みける

授業参観休みしことのなき母に背を正されし少年の日々

たらちねの母ゆき給ふゆく春の後をしたひて疾く風のごと

母の遺歌集『渚道』を編む

母の記憶を止めむとして残されし歌をつむぎて歌集となせり

み墓辺に雑草《くさ》ひく妻は萏もつすみれ一株残しておけり

老い父に墓参の様を語れるに故郷しのぶかまなざし遠く

大戦を越えて妻子をひたすらにまもり通しし父も逝きたり

残されし老いの気儘につき合ひて過ぎ来《こ》し妻の十年の日々

ふるさと伊勢の冷麦歯ごたへ確かなり父母のゐませし日々の記憶も

御祖《みおや》らがつなぎ来りしこの家の行く末おもふ古稀すぎしわれは

曾祖母《おほはは》の五十回忌には奥津城にわれも行かむと吾子はいふなり

師逝き給ふ

重篤の上司を見舞ふ遠き日にモスクワ支店に集ひしわれら

長病みのベッドにあれど洒落をいひてみなが集ふを喜びくるる

ニックネームをつける名人と言ひたれば病む人の眼が誇らしげなる

奥方のおはす浄土に旅立てり呼べどももはや声の届かず

これの世の師は逝き給ふ遠き日に叱りはげまし褒めくれしひと

零下十度空晴れわたる極北のスケート場に遊びたる日よ

いとも大き師の背を追ひて走りゐしモスクワの日の遠くなりたり

ますらをは背筋を立てて生くべしと教へを終生まもりてゆかな

浄土への旅立ち際にひと声を残してくるるか師が夢に立つ

浄土への道安かれと祈れるに気づかひ無用とまたも叱られつ

七寅二寅

居ごこちがさも良ささうに傘立てに正月用のごばうが二本

歳晩の高窓拭きはかしこくも亭主のノルマ右手きかねど

大晦日の第九聞きつつ身をゆらす「風呂出で詩へ寝る月照る糞犬《フロイデシェーネルゲッテルフンケン》」

四年ぶりに一族十人揃ひたりめでたし顔ぶれひとり増えてる

七寅が孫の二寅にささやきぬ酒飲む歳に早くなれよと

数珠を忘れし彼岸の墓参もろもろの願ひがちやんと届くだらうか

スピードはあれど何かが抜け落ちる子を知る母の笑ふ声する

夕つ方散歩の道に気づきたり卯月九日結婚記念日

利子高き住宅ローンの返済がおかずの数を支配してゐつ

ひと並みの山坂あれどまもり来し家よりをのこふたり巣立ちぬ

孫は四人

塾通ひの俊作いまだ幼きに競争社会の入り口に立つ

ドリブルでゴールに迫る隆作はさくら花びら蹴散らして来る

女孫ふたり希彩《まあや》と音穏《ねお》は雨降れば日がなことことままごと専科

孫の背が伸びゆくほどに我の手のしみが濃くなる　楓を仰ぐ

世の変・不調

いつたんはしまひ込みたるセーターを引つぱり出して朝夕に着る

紫陽花がさつきを追ひこし先に咲く不順な気候ひとも変調

気候不順は仕方がないがひとの世の不調は困るとくに政治は

「何々の認識で一致」といつも言ひ何も進まぬ亡びの国は

脱税王と不動産屋が仕切る国こんな与党を選んぢまつたか

紺碧の辺野古の海をもてあそびある日突然投げ出ししひと

日の本の不調を嘆きて詠ひし夜その元凶の二人が辞める

五年間に五たびも首相が代はる国義務なればいやいや税金払ふ

熱燗の咎

二十年の喀痰検査、胃カメラも意味なし病が食道に来つ

熱燗やあつもの好みし咎なりや長き月日を戻すすべなく

大指揮者と同病なるは光栄とつれあひにいふ痩せ我慢して

内視鏡のオペは十日後それまでのにはか節制などはやるまじ

父母に受けし身体髪膚にメス入れて戦場とする覚悟未だし

暑気去らぬ今月今夜今生の終《つひ》の一本ふかぶかと吸ふ

歌を詠むモチベーションが続かないたばこ、寝酒をさし止められて

秋ひと日食道の壁そぎ落とす病院といふ刑場にゆく

二時間の眠りの底のオペの間に黄泉の扉を蹴飛ばして来つ

はかなげにほつほつ落つる点滴に三日三晩を生かされてをり

水だけが体を縦に通りぬけ三日三晩を如雨露のごとし

とりとめもなき語りして過ごしゐる四人部屋なる妻との逢瀬

流動食なれどロから食べられて如雨露の身からひとにもどり来

四六時中つきあひくれし点滴棒にわかれ来りぬ退院の午後

ウェストミンスター寺院

ロンドンの散歩の仕上げウェストミンスター寺院の内陣を訪ふ

歴代の王に軍人、政治家や文人たちの墓に詣でむ

大いなるグラッドストーンとディズレーリの像がいきなり迎へてくるる

大ピット、小ピットらの墓碑訪へば床に埋めある小さきプレート

チェンバレンもロイド・ジョージも床の中チャーチルの碑は新しく見ゆ

国王といへど踏むこと能はざる無名戦士の墓碑に供花あり

エリザベスとそのライバルのメアリーの大き棺が張り合うてゐる

シェークスピアの顕彰碑たつ傍らにワーズワースの墓碑を見出でつ

英詩の父十四世紀のチョーサーの墓碑が文人最古のものか

クロムウェルの碑は王政にもどるとき撤去されたるままと聞きたり

内陣の人形館に盛装の等身大のネルソンに逢ふ

教会のあまたの墓碑をめぐり来て四半世紀の夢かなへたり

暮れなづむロンドンの夜をめぐらむと二階建てバスの高窓に寄る

英国を十日旅して傘つかふことのなかりき地球は異変

菜の花の道

をとめごが蝶のごとくにその父にまつはりてゆく菜の花の道

満月に指もて目鼻かきみれば遠住む孫の笑顔となりぬ

春来れば学童となる孫ふたり出費うれしもランドセル買ふ

ランドセルを買ひて三年身の丈の伸びし孫らははや四年生

掛軸を若武者像にかけ替へて孫の中学受験を迎ふ

ディフェンスを振りきり深く攻めこんで右足一閃ネットを揺らす

鶴ケ城の濠うめつくす花筏父と眺めし日もはるかなり

洋たんすの父のジャケットそで丈のやや短きも気にせず羽織る

百山百首・抜粋

利尻岳より見はるかすオホーツクの群青の海ひと筋の水脈《みを》

荒れ狂ふ羊蹄山の岩頭に四股踏む姿勢に風やりすごす

やはらかき傾《なだ》りの襞が襞ごとにいで湯をいだく八幡平は

月山のお花畑を伝ひくる風が甘いと妻笑みていふ

鎖場を一つひとつと越えてゆく岩の要塞劔の峰は

北アルプスの総監督のたたずまひ穂高の嶺の懐をゆく

燧ケ岳こは日の本の背骨なり四方に聳ゆる百名山十座

男体山の頂き近しふり向けば戦場ケ原に秋風の立つ

金色の針の形に散りつづく大菩薩嶺のからまつ林

茜雲かかる富士の嶺仰ぎつつふいに翼が欲しくなりたり

昭和48年オール三井スキー大会

霧ケ峰その頂きを発せむと秒読み待ちし大回転レース

茫々とつづく山波に雲わきて大台ケ原はけふも雨降る

円錐のかたち極むる開聞岳雲は傾りを駆けあがりくる

太平洋をほしいままにす屋久島の宮之浦岳頂上に立ち

駆けゆく男の子

校庭の桜もみじを蹴散らしてキッズマッチの喚声ひびく

右足をふり抜きゴールこじあけて拳あげつつ駆けゆく男の子

前線からゴール前までもどりきて敵のシュートを身をもて防ぐ

キャプテンは攻めも守りもその肩に背負ふがさだめ気張れやをのこ

塾通ひの上の男孫の背たけ伸びはや変声期を迎へむとする

身の丈は伸びたるもやや太めにて運動会は好かぬといへり

徒歩競争ビリでも小差であることに少し安心してゐる爺は

一度くらいはてつぺんに乗つてみたいといふ人間積み木の土台の孫は

支へれば支へただけの辛抱が君を鍛へて育ててくれる

打ち上げの夕餉孫らの食欲は鯨飲なければど馬食に近い

診察券

古稀の坂越えて三年このごろは診察券が増えゆくばかり

きりなしに部品修理に追はれゐてこの身さながら中古の車

冠動脈を鎮めおかむとこの白き粒とつきあふ生涯かけて

悠々でもないが自適の明け暮れに「蔵王錦」の辛口うまし

好きなもの冷えたビールに冷奴ぴたり決まつた結句七音

よき酒のありてこそよき旅がありよき歌もまた酒より生るる

ところどころ割れてはいても冬の陽に輝いてゐた学び舎の窓

憎らしき程の寒さが和らげばマフラーなしで田の道をゆく

立春と聞けば路肩に融けのこるはだれ雪さへ愛しみて見つ

案じつつ庭の老梅あふぐ眼に盛んなる蕾きさらぎ十日

モルゲンロート

職退きてこの身はすべて汝がためになど言ひつつもまた山が呼ぶ

登り道息苦しきを逸らさむと百人一首誦《しよう》しつつ行く

白馬の3・5キロの大雪渓つめたき風が這ふなかを行く

炎帝が地球を覆ひゐるならむ一万尺にかくも寝苦し

鍛錬を怠けし咎か不帰《かへらず》のキレット道が拷問となる

八方池の山椒魚にこの旅の辛さをしばしこぼしてゐたり

槍沢の氷河のなごりモレーンを一つ二つと乗り越えてゆく

モルゲンロートに輝く穂高を仰げとて夜明けに妻をゆり起したり

谷川岳オキの耳よりのぞき見るその名も高き一の倉沢

冷酷なまでに厳しき岩稜が連なり立てる五竜の峰は

あれちんちろり

茂吉の蛙左千夫の牛に子規の蠅若山牧水あれちんちろり

秋の夜の歌話がはづみて果てもなく杯を重ぬる牧水も来よ

寝酒やりつつ歌詠むわれは牧水系加藤克巳の門下末葉

酒を断てりといふ友ありて体調のすこぶる良しと聞けど与《くみ》せず

山登り、ゴルフ、スキーに囲碁、短歌たまにカラオケ晩酌二合

折りをりに『梁塵秘抄』読みかへし戯《たはぶ》れ心かき立ててゐる

うつし世に悔い残さじとアドレスを「遊びのＫＫ」に変へて候

約束を手帳に書けど手帳あること忘れれば約束もなし

結び目が解けさうになる心地して二人をつなぐ言葉をさがす

波かぶり水もれ防ぎ二人してボート漕ぎ来し四十五年

懐かしき笛

紙芝居が本業なんだと思ってた飴売り屋さんの懐かしき笛

駅なかに客をとられて寂しげなこの平成の駅前通り

むかしむかし三種の神器と呼ばれたる家電三品いまにはたらく

石蕗が咲けば極月禍事《まがごと》に震へし年が過ぎゆかむとす

いわし雲に届かむと背のびして立てるタカラジェンヌの皇帝ダリア

日の本にあまねく鉄路敷き詰めし明治、大正、昭和のちから

爺くさいと着ざりし茶系の服装が年古りてより身に添ひて来ぬ

企業戦士の紺の背広のなつかしやあの体形《かたち》にはもう戻れない

坂のなきこの町に脚きたへむと足首に砂袋巻きてゆくなり

冬本番樹氷原へと訪ひゆかむ生涯一スキーヤーわれは

一夏《いちげ》が過ぎて

電力が不足不足と騒ぐうちいとも早目の梅雨明けとなる

暑気が歩を鈍らせるらし田の道を散策の人ゆらゆらと行く

百日紅、凌霄花われこそが真夏の花と競ひて咲ける

男孫らの初墓参なり早朝の新幹線に一家がそろふ

一路西へ伊勢志摩に向け旅立ちぬふるさと知らぬ孫子《まごこ》を連れて

べた凪の鳥羽湾をゆく島めぐり海より眺むるふるさとの町

展望台より見おろしにせる海峡は満ち干のはざま波静かなり

子よ孫よこのふるさとの海山をこころに刻めと率《ゐ》てきたるなり

四歳の亡弟があそびゐる様がふと浮かびくるけふ終戦日

大波座《おほなぐら》が千年ごとに襲ひ来し痕跡ありとの学術調査

後追ひの過去の津波のレビューのみ学問とふはかくなるものか

太平洋高気圧とふ痴れ者がこの日の本を沸き立たせゐる

生涯で一番暑いとぼやく日が晩夏といふに幾日もつづく

前線が北の冷気を運びきてさしもの暑気も山を越えたり

黄　龍

四川省成都に麻婆豆腐食む脳《なづき》にしみる本場の辛味

古里に立つ李白の像は若くしてをのこなれども艶なる風情

九寨溝

連なれる湖沼がなべて藍色の水たたへをり　仙境に来つ

空の青をここに括るや曇り空なれどかくなる色を放つは

黄龍へ高地順応トレーニング四千米の峠越えゆく

高所ゆえ急ぐ能はず折りをりに酸素吸ひつつ緩らかに行く

金色の滑りの滝がうねりつつ押し下るなりこれぞ黄龍

黄龍に青色の芥子見つけたりひそと咲きたる真青なる芥子

楽山大仏

河面より七十米の大佛が民おほふがに笑み給ふなり

この度は長江を望む能はざりふたたび訪はむこの広き国

氷壁

くじ引きで順番きめて配給の靴をもらひし戦後の日々よ

海の気を吸ひて童となりしわれ山に憑かれてひと世さ迷ふ

クライマーを諦めハイカーに転じたり『氷壁』読みし母のねがひに

目から鱗が落ちたる思ひ『法の窮極に在るもの』尾高朝雄の

つり革にぶら下がりつつスキー操作を教へてくれし三浦雄さん

東京の空にかかりし五つの輪オリンピックの開会の日の

東洋の魔女の河西キャプテンに道聞かれしは大手町かど

ホルメンコーレン・ジャンプ台

ジャンパーはみな札幌にオスロ郊外ジャンプ聖地に人影のなし

ストックホルムの新聞に見つメダル掲ぐ日の丸飛行隊のトリオを

アンカレジに中継の都度マッキンリーの方《かた》に拝みき植村直巳を

ゴジラ松井の大き手のひら握りつつエールいひたり岐阜羽島駅

ランドセル

みどり児を抱けば温し細胞がどんどん増えてゐるんだきつと

かの日より春いくたびかすぎ行きて抱くに重き童女となりぬ

末の孫に四個目となるランドセルを贈りてわれらのつとめを終へむ

成人式の振袖見たし玉の緒を米寿につなぐ薬のなきや

全身にさくら花びらはりつけて雨の街ゆく真つ赤なワゴン

いつ知らず自慢の髪に霜降りて顔の輪郭あいまいとなる

新しき芽が育つのを見とどけて樟の古葉がひとしきり降る

南総の旅

南総のシンボル館山城立てり春愁の空支ふるごとく

野島岬の岩場の道に見はるかす水平線のひとつ舟影

広葉樹の丸き梢が山々をおほふを見ればこころ安らぐ

絶え間なく寄せくる波のその果てに伊豆大島の淡《うす》き影見ゆ

「ある時は舟より高き卯波かな」真砂女の句碑あり仁衛門島に

白浜の海洋博物館に見る藍あざやかな大漁半纏

鶴が舞ひ鯨が跳ねる半纏にふさはしき名を「万祝《まいはひ》」といふ

潮引きて岩礁おほふさみどりの藻が初春《はる》の陽を弾きくるなり

水仙咲きアロエが赤き花かかぐみんなみの地の春のことぶれ

今宵また雪模様とふ北総に帰らむとして菜花を買ひぬ

女神《デヴァター》

インドシナの地には縁《えにし》のうすきわれ喜寿近くしていま訪はむとす

アンコール・トムへは修行のごときなり象の背中に揉みしだかれて

疲労困憊たどりつきたるバイヨン寺大き菩薩が笑みくるるなり

ヒンズーの天上世界《アンコール・ワット》を遷さむと王の築きし地上の楽園

聞きしに勝るその規模その技かみそりも通さぬ堅き石組みの壁

ひそやかな笑み浮かべつつ舞ひ踊るヒンズーの女神《デヴァター》に囲まれてゐる

「東洋のモナリザ」と呼ばるるデヴァターに惹かれ狂ひしアンドレ・マルロー

「モナリザ」を持ち帰らむと謀れるも若きマルロー捕へられたり

ホーチミン廟

娶りもせずひと世を国に捧げたるホーをぢさんの簡素な住まひ

赤と青のアオザイ清《さや》か婚約の式を終へたるカップルに会ふ

なにやら怖し

ポカリ一本飲みほしてなほ乾くなり歌会にむかふ酷暑昼ふけ

炎天下金融緩和に消費税、五輪に熱《ほめ》くこの秋津島

終戦後の混乱を知るわれらには「インフレ目標」なにやら怖し

いつの世も通貨の価値を守るのが日銀なのだと信じてをれど

初恋短歌大会

月見草の歌を踊れる君の手の白きを夜ごと眼うらに見つ

つながりが切れぬやうにと祈りつつあなたに返す小さき消しゴム

セーラー服の胸の白線ふくらむが眩しかりけり初夏の君

白きうなじの君に会ひたるその日よりこころこの身に添はずなりたり

古稀すぎて記憶の中の初恋を引つぱり出して詠ふをかしさ

ふたたびみたびＢＳで見る百名山むかし辿りし路なつかしき

これの世の出エジプトか東京といふ不条理を逃れむとして

東京駅の雑踏抜けつつ戦慄す爆弾テロがあり得る　いつか

酔《ゑ》ひ泣き

万葉のむかしに萩を揺らしけむ秋風しかに今を吹くなり

萩をゆらす風に闌けゆく秋を知る万葉人もかくやありにし

辛うじて枯れ花のこす藤袴さかりの日々をにれかむごとく

花すくなき庭に客人むかへむと阿倍橋の小さき金の実

しみとほる秋夜の酒に酔ひ泣きをなさばこの世の悔いも消えなむ

恋人と別れし友の酔ひ泣きにともに泣きたり遠き日われは

文明の先達かとも見て来しが中韓ただに捻《ねぢ》れゆがみて

角や金の箸つかふ国と塗り箸のわれらとの間に横たはる河

樹氷原が我を呼ぶなり八十路までスキーせむとてヘルメット買ふ

窓ふくも落葉をかくもまたひとつ年とる準備と思へば空し

うからの息災を告げ来む年の幸を祈れり奥つ城に来て

強き雨午後しまらくは止みくれて父母と語らふ長子のわれは

口げんかは元気の証し古妻と年越しそばをすりてしまし

喧噪の紅白果てて響きわたる鐘の音きけば年改まる

山ざくら考

春寒に縮みをりしが日の本をさくらがおほふ季となりたり

ソメイヨシノの天下と言へど神代よりあきづ島には山桜あり

ソメイヨシノは俗つぽいとて山桜に魅せられしひと小林秀雄

あかき葉の花に交じれるゆかしさを類もなしと『玉勝間』いふ

宣長が愛でし伊勢路の山ざくら二百年後の今を咲くなり

春くれば眼うらに顕つ六甲の山谷に映ゆる山ざくら花

西美濃に霞間ヶ渓なる名所あり雲と見まがふ山ざくら花

あざやかに老いの眼に浮かびくる吉野の山の白やまざくら

友を見舞ふ

事故に遭ひて二年《ふたとせ》の余を老健のベッドにすごす旧き友あり
ひと一倍壮健、能弁なりし友が自由を口をも封じられたり

手を握り催促すれど苦しげにときをり隻句をしぼり出すのみ

去年《こぞ》霜月かの日の歓び忘れまじゆめ忘れまじと奥方いへり

不慮の事故より一年九か月経し秋の日に友の言葉が戻りしといふ

去年《こぞ》九月われが見舞ひしその頃はなづき蘇生の過程なりけむ

能弁の友もどり来しうれしさに三年分のもの語りせり

リハビリの友を見守る奥方のまなざしやさし初夏の昼ふけ

起き上がりと自力トイレが帰宅への条件なりと聞きて諾ふ

目を閉じて足関節のリハビリに耐へゐる友にエールをおくる

苦しさに眉ひそめゐる友にいふ逃げるなはげめ帰宅を果せ

人生の余白

天上の雲舞ひ下りるごと見えて梨畑はいま花ざかりなり

純白の花たわわなり秋くればふなっしーへと育ちゆくらむ

揚げひばりどこまで登る天空の展望台に我も行きたし

人生の余白だなんて思はない脂気抜けし齢となりても

さるすべり凌霄花に食傷し吾亦紅見てうれしかりけり

幸水の頃は酷暑のまつさかり豊水出でて暑気ゆるみ初む

彼岸花ことしも咲けり弟が逝きたる日より六十九年

幽明の境は小さき川なれど渡りかへしのきかない関所

青きロマン

怖いものでも見たのだらうかパソコンがこの二、三日凍りつきたり

トンネルが近づくたびに汽車の窓をあけしめしてゐた昭和の旅よ

電話来てテレビの音を消したるもイチロー走るを眼で追ひてをり

駅ごとにトイレに寄るはますらをの矜持失態招かぬがため

足の爪にペンキ塗り立てアートなどといふ文明のをはりが見ゆる

暗闇に鍵穴さがしゐる内に怖さがじんと迫りくるなり

「地下に潜る」なんて言葉に青くさきロマン見てゐし二十歳《はたち》のこころ

世界的なファスト・フードとなりたればたかがラーメンなどとは言はじ

つけもの石

ボール追ひて走る女孫の身ごなしがをみなさびたり羽化遠からず

末の孫の振袖見たし米寿まで永らへむとて亀買ひに行く

休日はゴルフ三昧急患のなき歯科医師となりたる友は

亡父の靴を僕は履くけど僕の靴は息子の足にまつたく足りぬ

何石といふ体積で年棒が決められてゐし昔ありけり

重さといふ物体の持つ本質が機能してゐるつけもの石は

何しかもマゾの心地にひたりつつをみなの統べる歌の輪にゐる

今冬初の寒気来るらし三枚のヒートテックで立ちむかふなり

弁護士も医者《くすし》も鳥のたぐひにて駆け出しのころ卵と呼ばる

人に慣れず転がるボールを追ひあそぶわが家の猫は唯物論者

浮くといふ言葉にひそむたよりなさ浮名、浮草、浮世のちぎり

御墓《みはか》を遷しまゐらす歌一首　幷せて短歌

潮かをる　志摩の御国の　白鳥《しらとり》の　鳥羽の小浜《をはま》の　小邑《せうゆう》に　わが曽《おほ》
祖父《ちち》が　新家建て　墓所持ちてより　百あまり　四十余年を　経た
りけり　三代目なる　わが父母が　吹く神風の　伊勢の地に　遷し
まうして　三十と　三回春秋を　重ねたり　四代目のわれ　関東に
山鳥の尾の　枝垂り尾の　長々しくも　棲み古りて　折りをり伊勢
への　墓詣で　度重ね来て　つくづくと　わが思へらく　遠からず

われの齢は　八十路越え　米寿に寄らば　伊勢までの　道遠からむ
五代目の　吾子とて都度の　墓詣で　年重ねなば　難儀ならむ　如
何すべきか　思ひ詰む　ここに至りて　奥津城を　坂東にこそ　遷
さめと　われら棲みつく　下総に　墓地求めたり　さりながら　伊
勢の御国は　たらちねの　母の生国　みどり濃き　外宮の杜に　包
まれて　伊勢湾のぞみ　みんなみに　朝熊山《あさま》をあふぐ　うまし土地
永きにわたり　これの地に　眠りいませる　父母の骨《こつ》　御祖《みおや》の骨を
掘り出だす　わが心根は　山菅の　乱れに乱れ　風の揉む　木々の

諸葉の　揺れ止まず　さはあれど今　きつぱりと　意を決したり
わが家の　五十年後を　百年の　先を思へば　斯くしこそ　為さね
ばならじ　初秋の　日の照る下の　御祖らの　御墓の前に　低頭し
五体を投げて　御許しを　請ひ願ふなり　年永く　護りたまひし
神風の　伊勢の地祇《くにかみ》　許しませ　別れを惜しみ　振り返り　振り返
りつつ　罷り来つ　兎にも角にも　下総に　新墓築き　晩秋の　真
日明《あか》き下　花手向け　香のけむりの　立ち行けば　我おもむろに
顔を上げ　祖霊の前に　申すらく　東《あづま》の国の　下総は　鄙にはあれ

ど　広びろと　丘の連なり　地祇《くにつかみ》　確《しか》と護らす　うまし国　馴染み
たまへと　はらからと　挙《こぞ》りをろがむ　こころを籠めて

反歌

神風の伊勢の国よりはろばろと遷りたまひしわが御祖はや
遥けくも遷り来ませる御祖らに下総の風おだやかに吹け

尾羽のちから

すがた良ければそれが実力たとふれば雄の孔雀の尾羽のちから

白樺の霧氷の枝に風わたり金平糖がしやらしやらと降る

二三輪ほころび初めし老梅がおもむろに出すはる告知板

美濃を離りて十年経るとも春くれば淡墨桜しのに思ほゆ

まつすぐにありたきものを捻られて祭りのねぢり飴となりたり

ブランコにあまたの呼び名ふらここに鞦韆、ゆさはり、半仙戯とも

洋風の暮らしなれども時折は畳の部屋に大の字に寝る

学者肌なんて言葉が醸し出す清貧の香にしびれてしまふ

大の苦手でありし白葱、納豆が好物となるまでの歳月

煌々と照るコンビニの裏側にとりわけ暗き闇を見てゐる

古稀をすぎれど「耳順」といふにもまだ遠くひと世頑迷居士なるわれか

解説

久々湊盈子

楠井孝一さんの作品が「合歓」誌上にはじめて登場したのは二〇〇六年の七月、三三号であった。その十首のなかに、

ネクタイの要らぬ生活となりはてて首を撫でゆく春風清し

という一首が見えるから、長年のサラリーマン生活から解放されて、ほっと息抜きを求められた時期であったのだろう。あとがきによると近隣の公民館

で催された短歌講演会に偶然参加され、その後の歌会で出会ったある歌に感激して、ご自分も短歌を本格的に作ってみようか、とその日のうちに歌人クラブに入会されたというから、その決断の速さには驚いてしまう。しかも翌年には白秋系の短歌グループ「央」に参加、またその翌年、さらに歩を進めて「合歓」に入会されたのであった。

月日のたつのは速いものでそれから十年が過ぎ、いまでは合歓の会に無くてはならない存在として各地の歌会や研修会に積極的に参加、ムードメーカーとして大いに皆の発言を促す働きをして下さっているのである。

なにごとも「石の上に三年」と言うが、こういった直情径行の作者であるから、歌作りにおいてもそののめり込みようは一様ではない。何か一つの事柄に執着するや、その周辺を巡り、考察し、言葉を模索しながら連作に仕上げてゆく。だから往々にして自己主張の強い「述べたい短歌」になるのである。しかし、そういった傾向の作者にありがちな反面の情の脆さ、濃さもまた大いにその特長のひとつと言えるであろう。本集の柱とも言うべきいくつかの作品をあげながらそのあたりを見てゆきたい。

思ひ出のサンクト・ペテルブルグの街ましろき柳絮《トーポリ》に迎へられたり
情熱の人プーシキン背をかがめ苦吟のかたちにわれを見送る
幾たびも語りきかせしクレムリンの赤の広場に妻と来たりつ
ペレストロイカ、連邦崩壊を経たりしも変はらず広し赤の広場は
忘れ得ぬ八階のスイートに訪ひ来たるかつての仕事場モスクワ支店
われの住みし部屋に来てをり若き日のおまへに幾度も電話せし部屋

作者は大学を卒業して大手の商社に就職、昭和四十二年に結婚されたが、そのわずか三年後にモスクワ支店に転勤を命じられ、単身で二年余を外地に過ごされたという。可愛いさかりの長男と愛妻を残して遠国の異文化のなかで暮らした月日はいかばかりであったろう。真っ白な柳絮が飛ぶ季節に妻を伴ってかつての仕事場であったロシアを訪ねた折の連作は、単なる観光旅行

とはおもむきが違ってなかなかに読ませるものがある。多くの人名や地名を入れつつ大きく変容した一国の歴史を背景に、みずからの青春を嚙みしめる作者の姿が彷彿とする作品群であった。

赤味噌より白みそがよしといひ合へる息子ふたりは関東育ち
をりをりに関西弁が混じる子と東京弁を貫ける子と
鍵をあけ明かりをつけて見廻せり他人の家か妻をらぬ夜は
掛軸を若武者像にかけ替へて孫の中学受験を迎ふ
子よ孫よこのふるさとの海山をこころに刻めと率てきたるなり
遥けくも遷り来ませる御祖らに下総の風おだやかに吹け

楠井さんは昭和十三年、三重県鳥羽市の生まれ、まもなく喜寿を迎えようという年齢である。すでに長男次男ともに結婚してそれぞれ二人ずつのお孫さんがあるが、息子たちの微妙な差異を言葉遣いや味噌の好みで摑まえたり、特にあげないが孫ひとりひとりへの深い愛情を感じさせる歌を折にふれて詠んでいる。もちろん、ともに山に登ったり旅行を楽しむ夫人への信頼と愛情は言うまでもない。実によき夫であり父親であり祖父であるのだ。

多くのひとがそうであるように楠井さんもまた子供の頃に正月には百人一首で遊んだといい、短歌を作っていた母親の影響もあって十数年まえから人知れずノートに作品を書き溜めていたらしい。『渚道』という母の遺歌集を編もうと思い立ったのも長男である責任感からばかりではなく、短歌への興味がなせるわざだったのではないだろうか。故郷への思い、父母への思い、眷属の人々への思いが人一倍つよい人なのだ。ごく最近では伊勢にあった父祖伝来の墓地を下総の地へ移すという大事も果された。ということはそろそろ人生の締め括りとして周到な準備を始められているのかもしれないと思いつつ、わたしは巻末近くの長歌をしみじみ読んだのであった。

ひとり行く瑞牆山の登山道熊よけの鈴の音のみさせて

わが古稀の初滑走を祝ふべしみちのく蔵王のこの樹氷林
岩手山にむけ滑りゆく大斜面かもしかのごとわが身が跳ねる
利尻岳より見はるかすオホーツクの群青の海ひと筋の水脈
円錐のかたち極むる開聞岳雲は傾りを駆けあがりくる
太平洋をほしいままにす屋久島の宮之浦岳頂上に立ち
モルゲンロートに輝く穂高を仰げとて夜明けに妻をゆり起したり

楠井さんというと山の歌をいちばんにあげなくてはならないだろう。若い頃からスキーや登山が好きだったという作者であるが、井上靖の『氷壁』を読んだ母親から冬山登山だけは止めてほしいと懇願された由、以後はもっぱらスキーと夏山のハイカーに徹して来られたようである。そして六十九歳のとき、思い立って日本の百名山踏破を決意され、それまでに登った山をのぞく四十五座をたった二年で登り切ったというから、その健脚ぶりと意志の強さには舌を巻く。さらに一座でかならず一首を詠むというノルマを自らに課して、「央」や「合歓」に発表されてきた。本集と同時にそのエッセイ集も上梓される手筈になっているそうだから楽しみにしたい。

ここに代表的な山とスキーの歌をあげてみたが、古稀を過ぎてなお、いかにも楽しそうにスキーを楽しみ、ご夫婦揃って山にでかける健康的な生き方が読む者にも実に心地よい。最後にあげたのは本集の書名の由来となったモルゲンロートの歌である。晴天の早朝、高い山の峰が朝焼けに真っ赤に染まる。その荘厳な情景を共に見ようと妻をゆり起した作者。その美しさは何ものにも替えがたい夫婦の大切な記憶となっていつまでも残っていることだろう。

庭中で一番はしやぐあかめ樫その賑はしきうれしき芽吹き
椎けやき榎くすのき樫くぬぎ主張それぞれ芽吹きの色は
槇の木に昨夜の氷雨がちりばめし露幾千の珠とかがやく
夏ちかし人参畑の葉のいろが濃くなりてゆく雨の気配に

菜畑に光のさせば朝霧の真白き帯となりて漂ふ
しばしの間つるべ落としの日よ止まれわが町いまし夕焼けのなか

あまり目立たないがこういった自然詠に、作者の的確なものを見る目とナイーヴな感性を感じることがある。山が好き、というのも登頂を果したという達成感の喜びのほかに、おそらく山で味わう自然の息吹がこのうえなく好ましいのではないだろうか。庭木々の芽吹きに春の訪れを知り、雨の気配をいちはやく感じ取り、夕焼けに染まる町の光景に感銘する。万年青年といったこういう感受性が実は楠井さんの原点なのかもしれない。

疎ましく夜半の厠に立つわれに虫の音すだく良きこともある
よき酒のありてこそよき旅がありよき歌もまた酒より生るる
自らの力で生きて来たつもり実は生かされて来ただけなのに
散りし後もまつすぐ上を向いてゐる椿の花のやうでありたし

背負ひ来しＤＮＡは変へられぬ生のまま生きむ生終へるまで

古稀を過ぎれど「耳順」といふにもまだ遠くひと世頑迷居士なるわれか

年齢的な思い返しのある歌もまたおもむきがある。五十年近いサラリーマン生活のうちには転勤や出向、海外出張などの多くの起伏があったことだろう。しかし、大手商社に勤務して定年まで存分に勤めあげたのだという自負もまた作者の大いなる自恃になっているにちがいない。短歌を作るという行為はこれまでの自らを客観的に見つめなおす大いなるきっかけになるものだ。そこで〈自らの力で生きて来たつもり実は生かされて来ただけなのに〉という自己再認識が引き出され、また一方では〈散りし後もまつすぐ上を向いてゐる椿の花のやうでありたし〉とも呟いてみるのである。

そして五首目、六首目はそうした内省的な思い返しの果てに置かれていて、いかにも楠井さんらしいと誰もがうなずくところだろう。〈ひと世頑迷居士なるわれか〉とは、よくぞ言ったり、と思うが、おのれを恃み、おのれを信じてこれからも頑迷居士を貫き通しつつ、よき短歌の日々を過ごしていただきたいと期待して、いささか饒舌となった解説の筆を擱く。

あとがき

平成十六年秋、私の後半生のひとつの節目となる大きな出会いがあった。

船橋の公民館で開かれた短歌講演会、歌会なるものに生まれてはじめて参加した私は、そこで出会った一首の歌に大きな刺激をうけた。その日のうちに船橋歌人クラブに入会を決め、翌平成十七年春には白秋系の短歌グループ「央」に加入するなど、急速に短歌の世界にひき込まれて行った。

さらに翌平成十八年春には、現在師事する久々湊盈子先生の「合歓」に入会、それ以来先生の的確、迅速にして懇切なご指導に敬服しつつますます短歌中心の生活にふみ込んで、この春でちょうど九年余が経過した。

この間歌会のたびに、先輩歌友たちの短歌にとり組む真摯な姿勢に啓発され、さらに歌会の後の懇親会の楽しみも加わって、いまや昔からの趣味であるスポーツ以外の精神生活の部分は百パーセント短歌によって占められている状況なのである。

この十年間多くの先輩歌友が歌集を出版されたが、その多くは作者自身の信条、生きかたを示す個人史そのものであり、実に味わい深いものがある。上述の如く私の歌歴も十年をすぎ、また七月には喜寿という人生の節目を迎えることもあって、たとえ拙いものでも自分史としての歌集を世に残しておきたいと考えた次第である。

しかしながらあまたなる歌集を読むにつれ、その中の一首一首が屹立しており、それ自体完結している歌が多いのに対して、私の場合は一つか二つのテーマに基づく連作というパターンが非常に多い。思うに私の場合は、歌材発掘能力の貧弱さと想像力の欠如から、季刊誌への投稿のたびに何らかのテーマを設けて、その中でストーリーを語って歌数を合わせるという形に逃げ込んでいたという感が強い。しかもある時期までは、先輩たちのスタイルよりも連作中心の自分の詠み方のほうがストーリー性があって、いく分味わいが出るのではなどと考えていたのだから、本当にお恥ずかしい次第である。

最近はできるだけ一首だけで立って行ける歌を並べながらも、一連の歌群で総体的に何かを主張するなり述べるようなスタイルにしようと努力しているつもりだが、まだまだ不充分といわざるを得ない。

というわけで、読者の皆様からはこの歌集の連作は話のテンポが遅く、細部に入りすぎてもどかしいというご指摘を受けそうであるが、このような経緯であるので、最近の努力も少しだけお認めいただき、なにとぞお見のがしを願いたい。

この歌集を編むにあたり師の久々湊盈子先生には、ご多忙にもかかわらず選歌から編成にいたるまで懇切なるご指導を頂き、さらに心からなる解説を頂戴しました。ここに厚く御礼申し上げます。

更に歌集を仕上げる過程で、砂子屋書房の田村雅之様には貴重なアドバイスを数多く頂き、また装丁をお願いした倉本修様にも一方ならぬお世話になりました。記して御礼申し上げます。

また最後になりましたが、船橋歌人クラブ、「たんか央」、松戸短歌会をはじめ「合歓」の御茶ノ水、志木の歌会の皆さんには本当にお世話になり、大いに勇気づけられました。心からお礼を申し述べますと共に、わがままな私ではありますが今後とも何とぞお付き合い下さいます様お願い申し上げます。

平成二十七年三月

楠井孝一

歌集　モルゲンロート

二〇一五年五月一五日初版発行

著　者　楠井孝一
千葉県船橋市三咲六―三―一〇（〒二七四―〇八一二）

発行者　田村雅之

発行所　砂子屋書房
東京都千代田区内神田三―四―七（〒一〇一―〇〇四七）
電話　〇三―三二五六―四七〇八　振替　〇〇一三〇―二―九七六三一
URL　http://www.sunagoya.com

組　版　はあどわあく

印　刷　長野印刷商工株式会社

製　本　渋谷文泉閣